Falu gruva

Andra intressanta böcker, utgivna av Aleph Bokförlag:

Franz Oskar Wågman ("Sture Stig"): *Prinsessan av Bandalore* — E.T.A. Hoffmann: *Två fantasistycken* — *Studier i svart* (artikelantologi) — Bram Stoker och "A–e": *Mörkrets makter* — *Fantasins urskogar* (artikelantologi) — Aurora Ljungstedt: *Mord och andeväsen* — *På slaget tretton: berättelser efter midnatt* (antologi) — *Nattens paradis: svenska sällsamheter* (antologi) — *Skuggor vid aftonlampan: 30 nattstycken* (antologi) — H.P. Lovecraft: *Sökandet efter det drömda Kadath* — William Hope Hodgson: *Rösten i mörkret* — *Syner i natten: ett skräckgalleri* (antologi) — *Berättelser i svart* (antologi) — *Likkistförsäljaren* (antologi) — J. Sheridan Le Fanu: *Grönt te* — m.fl.

Besök

www.alephbok.com

Klassisk och nyskriven fantastik

Ernst Theodor Amadeus

HOFFMANN

FALU GRUVA

Med illustrationer av Hugo Steiner-Prag
och presentation av Rickard
Berghorn

Översättning av
Karl Benzon

ALEPH
Bokförlag

Ernst Theodor Amadeus Hoffmann: ”Falu Gruva” (”Die Bergwerke zu Falun”, 1819) i översättning av Karl Benzon (1862-1914). Från *Fantasiens mästerverk* vol. 1 (Stockholm: Gullberg 1909). Översättningen återger originaltexten i oförkortat skick och är moderniserad samt korrigerad. Bilden på titelsidan är gjord efter en teckning av Adam Leyel i uppsatsen *Metallici Assessorus Narratio accurata de cadavere humano in fodina Cuprimontana ante duos annos reperto* (1722).

Illustrationerna av **Hugo Steiner-Prag** (1880-1945) kommer dels från ”The Mines of Falun” och andra noveller i *The Tales of Hoffmann* (New York: The Heritage Press 1943) och dels från Gustav Meyrinks *Der Golem* (Leipzig: K. Wolff 1916).

Bilden på omslagets framsida är en beskuren målning av **Ilja Repin** (1844-1930), *Sadko i undervattnets rike* (1876).

Omslaget är formgivet av Nicolas Krizan.

 Inlagan är formgiven av Rickard Berghorn. Andra, inbundna upplagan. Tryckt och distribuerad av Ingram Content Group i La Vergne, TN, USA 2020.

ISBN 978-91-87619-25-0

Innehåll

”Den förstenade gruvdrängen” i verklighet och dikt

”Falu gruva” (1819) är ett klassiskt nattstycke av fantastikmästaren E.T.A Hoffmann (1776-1822), Tysklands Edgar Allan Poe om man så vill. Hoffmanns fabulösa och kusliga novell, där sorg och saknad blandas med kärlek och övernaturligheter som gränsar till sinnessjukdom, har förblivit den mest klassiska versionen av ett motiv som var populärt i hela västvärlden: den verkliga historien om ”den förstenade gruvdrängen” Mats Israelsson, kallad Fet-Mats.

2019 är det inte bara 300 år sedan Mats Israelssons kropp upptäcktes i gruvgången över 40 år efter sin död och han åter mötte sin trolovade kvinna; det är också 200 år sedan Hoffmanns kusliga och bitterljuva klassiker såg dagens ljus.

FET-MATS I FALU GRUVA

Ordet ”fet” hade på 1600-talet inte den specifika innebörd som det har idag. Att Mats Israelsson kallades Fet-Mats berodde på att han var en reslig och robust karl, och hans smeknamn betydde snarare Stor-Mats.

Mats (eller Matts) Israelsson föddes i Boda by i Svärdsjö socken två mil nordost om Falun; det exakta födelseåret är okänt. I ungdomen tog han tjänst som gruvdräng (lärjunge) hos en Jonas Pehrsson på Dikarbacken, en välbeställd bergsmansgård nära gruvan. Antingen på hösten 1676, men mest sannolikt tretton dagar innan Långfredagen 1677, försvann han spårlöst sedan han gått ner i det gruvschakt som kallades Mårdskinnsfallet. Han skulle

"Stora Stöten" i Falu koppargruva. Den gigantiskt öppningen bildades när gruvan störtade samman midsommardagen 1687.

tända den eld som alltid var nödvändig vid gruvbrytning i äldre tider. Eftersom det farliga krutet användes sparsamt, mjukades berget upp genom stark upphettning och kunde sedan bearbetas med hackor och spett.

Mårdskinnsfallet hade länge varit ur bruk och var nu fyllt med vatten, när några gruvarbetare från ett grannschakt 42 år senare,

2 december år 1719, spräckte en vägg till det övergivna schaktet. Med vattnet som forsade fram följde ett lik som till synes var helt färskt, som om mannen dött helt nyligen. Mats Israelssons kropp hade blivit perfekt konserverad i det järn- och kopparvitriolhaltiga vattnet. Tydligen råkade Fet-Mats ut för något slags olycka, antagligen ett mindre ras i gruvgångarna, eftersom hans båda ben var avslagna.

Flera numera åldriga vänner till Fet-Mats kunde identifiera honom, däribland en gammal kvinna som han hade varit förlovad med, Margreta Olsdotter. Det hade lyst första gången för dem i kyrkan strax innan han mystiskt försvann. Upptäckten skapade sensation i vetenskapliga kretsar och inte minst hos allmänheten, där man inte tackade nej till en kuslig, tragisk och romantisk historia direkt från verkligheten.

Väl återkommen till markytan stelnade liket inom kort, blev kolsvart och betraktades som ”petrifierad” (förstenad). Det var en sanning med modifikation; huden och köttet liknade snarare hornämne, alltså det som naglar och horn består av, och kunde skäras igenom med kniv.

LIKET I GLASSKÅPET

Margreta Olsdotter gjorde anspråk på kroppen och krävde att den genast skulle begravas, men inflytelserika personer hade andra planer. Det finns uppgifter om att Margreta fick betalt för att överlämna kroppen. Medicinska Kollegiet i Stockholm ville ha liket, men det stannade i Falun.

Det nu svartnade liket ställdes ut som turistattraktion i ”gruvstugan”, Falu gruvas offentliga kontor och domstolsbyggnad, där det drog till sig stora skaror nyfikna människor från hela världen. ”Den förstenade gruvdrängen”, där han stod prydligt placerad i ett blått valvformat skåp med glasdörrar, blev således utmärkt reklam för gruvnäringen i Falun, som redan var välkänd världen över. Och Fet-Mats blev en av de mest berömda svenskarna genom tiderna.

På 1740-talet omplacerades Fet-Mats till ett rum i anslutning till ammunitionsförrådet, fortfarande för allmän beskådan, men blev kvar där under blott några år. Kroppen hade börjat vittra sönder och sprida liklukt omkring sig. Därför jordfästes Mats Israelsson under en storslagen begravningsceremoni år 1749, då han fick äran att begravas under golvet inne i Stora Kopparbergs kyrka, där dignitärer annars brukade bli jordfästa och inte vanliga gruvarbetare.

Där fick han dock inte vila i frid. Antagligen p.g.a. en ny lag mot begravning inuti kyrkor togs hans kropp upp 1816 och placerades på själva kyrkogården. När kyrkogården sedan omreglerades 1862 togs kroppen upp ännu en gång och sattes undan på vinden i sakristian, och därefter år 1900 på en offentlig plats i kyrkosalen, i en kista med glaslock. Där blev Fet-Mats under ytterligare några decennier en turistattraktion. Han var nu inte mycket mer än ett ihopfallet skelett med några hårtestar kvar på skallen.

År 1930 fick hans oroliga vandring i efterlivet äntligen ett slut, när han jordfästes i en omärkt grav på ett stycke av kyrkogården, som blivit utvalt eftersom också Margreta Olsdotter troddes ha blivit begravd på samma plats.

Några år senare placerades en minnessten, snarare än en regelrätt gravsten, ut vid gravplatsen. Den kan alltjämt ses och läsas där:

ÅT
MINNET AV
GRUVDRÄNGEN
MATS ISRAELSSON
VILKEN OMKOM
UNDER ARBETE I
FALU GRUVA
1677

PÅ DIKTENS VINGAR

Den världsberömda historien om "den förstenade gruvdrängen" användes ofta som konstnärligt motiv långt innan E.T.A. Hoffmann skrev den klassiska novellen som föreligger, antingen genom att direkt återberätta dramat eller hämta inspiration därifrån. Hoffmanns novell, som är det mest kända och inflytelserika bidraget, hamnar någonstans mitt emellan dessa båda kategorier. Namn och årtal har ändrats och övernaturliga och symboliska motiv har lagts till, men grunddragen i verklighetens händelser finns där, och Hoffmann har uppenbarligen lagt gott om tid på research om gruvbrytningen i Falun samt svenska förhållanden – realismen i de verklighetsnära avsnitten är påtaglig i kontrast till de drömska, fantastiska inslagen, som det så ofta är hos Hoffmann.

Att ens nämna en fjärdedel av alla kända gånger som Fet-Mats-motivet har använts i prosa och poesi i Sverige och utomlands,

Minnesstenen över "Fet-Mats" på Stora Kopparbergs kyrkogård i Falun. Foto: Tommy Isgren.

Mats Israelssons kropp i det blåa glasskåpet kan också idag beskådas i Falu Gruva, men bara som vaxdocka.

skulle ta omöjligt mycket plats här; den som är intresserad av en detaljerad genomgång kan istället läsa Bo G. Janssons avhandlingar och böcker (mer om det senare). Här ska bara nämnas några av versionerna som är värda att notera, från äldre tid fram till idag.

Speciellt under den romantiska epoken blev Fet-Mats och hans tragiska kärlekshistoria med Margreta Olsdotter ett populärt motiv. Achim von Arnim (1781-1831) var en av den tyska romantikens centrala författare. Det finns goda skäl att misstänka att hans dikt "Des ersten Bergmanns ewige Jugend" (1810) var Hoffmanns stora inspiration vid sidan av verklighetens händelser. Här finns motivet med ett övernaturligt väsen – bergsdrottningen – som blir förälskad i en ung gruvarbetare och lockar honom ner i djupet, bort från den världsliga fästmö som han egentligen håller kär. Bergsdrottningen förvandlar hans kropp till guld. Statyn hittas femtio år efteråt, där ynglingens nu mycket gamla fästmö kan se honom en sista gång, i en reflektion över hopplös kärlek och livets förgänglighet.

Och den förnämlige engelske diktaren Alfred Tennyson (1809-92), han med "Nyårsklockorna", omplacerade motivet till irländska förhållanden och berättade historien från fästmöns perspektiv, samt på tung irländsk dialekt, i dikten ”Tomorrow” (1885).

Hoffmanns berättelse omarbetades 1899 till en teaterpjäs i den mångbegåvade Hugo von Hoffmannstahls (1874-1929) händer, *Das Bergwerk zu Falun*. Det ständigt återkommande motivet i Hoffmannstahls diktning är en symbolisk kontrastering mellan vatten och sten, sjö och berg, vilket här fick sitt första uttryck hos författaren – helt osökt i och med att Hoffmann själv jämför och kontrasterar huvudpersonens sjömansliv samt havsdjupens mysterier, med gruvarbetarnas sjå och underjordens gåtfulla djup. Också Richard Wagner (1813-83) tog djupt intryck av Hoffmann och planerade 1842 en opera efter samma novell. Men hans utkast refuserades av Parisoperan med motiveringen att den skulle vara alltför praktiskt svår att iscensätta. Projektet övergavs och utkastet upptäcktes inte förrän 1905, då det också publicerades.

Ivar Lo-Johansson (1901-90) publicerade novellen ”Fet-Mats” i samlingen *Passionerna* (1968), där han vinnlade sig om att i skönlitterär form levandegöra gruvdrängens verkliga öde på ett så historiskt korrekt sätt som möjligt från 1600-talet fram till den slutliga gravfästningen 1930. Bo G. Jansson påpekar att Lo-Johansson får vissa fakta om bakfoten, men skriver ändå att ”miljöskildringen här äger en bredd och en detaljrikedom som ställer berättelsen helt i särklass inom området Fet-Mats-diktning” och att den kommer ”mycket närmare den dokumenterade historiska verkligheten än någon tidigare skönlitterär Fet-Mats-berättelse”.

Den sedermera mycket framgångsrike deckarförfattaren Henning Mankell (1948-2015) fick 1973 premiär på sin pjäs *Fet-Mats: en kärlekssaga*, som i tidens anda belyste klassmotsättningar och sociala problem, fast på ett farsartat humoristiskt sätt. Mankells pjäs var en av de första som sattes upp av Dalateatern, som då var en fri teatergrupp, men det blev ingen succé vare sig publikt eller kritikmässigt. Antagligen därför användes en nyskriven pjäs på samma tema, när Dalateatern firade 30-årsjubileum som länsteater 2005. Pjäsen *Fet-Mats*, som hade premiär i december 2004, skrevs och regisserades av Martin Lindberg. Uppsättningen blev en framgång och lovordades i bl.a. Svenska Dagbladet.

E.T.A. HOFFMANN

Trots klassikerstatusen och kopplingen till en berömd händelse i vårt land är Hoffmanns novell *Falu gruva* märkligt lite uppmärksammad i Sverige. Den översattes till svenska sista gången 1909 och utgavs inte på nytt förrän 2018 av Aleph Bokförlag i Hoffmann-samlingen *Två fantasistycken*. För att uppväga bristen ytterligare utger Aleph här berättelsen också som en enskild bok, bättre illustrerad och med en bättre presentation av bakgrunden. Nu år 2019 är det ju också, som sagt, dubbeljubileum för Fet-Mats och Hoffmanns klassiker.

Preussaren Ernst Theodor Amadeus Hoffmann var sin tids litterära stjärna bredvid Goethe, lika mycket en underhållare som en prosakonstnär – idag betraktas han som en av de främsta litterära klassikerna på det tyska språket. Som den mest högromantiska av alla romantiker hade han stark smak för det sagolika, groteska och skräckinjagande. Bland hans mest kända verk finns den närmast surrealistiska gotiska skräckromanen *Die Elixiere des Teufels* (1815-16; på sv. som *Djävulsdrogen*, 2017). Han var därtill en framstående kompositör, vars mäktiga opera *Undine* (efter Friedrich de la Motte Fouqués roman) fortfarande sätts upp och spelas in; smakprov finns att avlyssna på Youtube. I skarp kontrast till allt detta var han också verksam som jurist med allt vad det innebar av byråkrati och korrekthet.

Vår författare hette egentligen Ernst Theodor *Wilhelm*, men anekdoten lyder att hans initialer feltrycktes som E.T.A. på hans första bok – varför han i den litterära offentligheten började kalla sig Ernst Theodor *Amadeus* efter Mozarts förnamn, en kompositör han älskade. Möjligen var modifieringen dock helt avsiktlig; E.T.A. är trots allt betydligt mer behagligt att uttala än E.T.W.

Febrigt kreativ och produktiv under sitt korta liv tillbringade han dagarna i hårt arbete för att hålla vilda dryckeslag om kvällar och nätter på någon ölkällare i den stad han för tillfället bebodde. Detta var under Napoleonkrigens kaotiska dagar varför han ständigt tvingades omlokalisera sig. Drabbad av syfilis blev han på slutet av sitt liv förlamad och dikterade sina verk från sängen.

Berömda verk för scenen som Offenbachs opera *Hoffmanns även-*

E.T.A. Hoffmann vid sitt skrivbord. Teckning av Hugo Steiner-Prag.

tyr (1881) och Tjajkovskijs balett *Nötknäpparen* (1892) bygger på hans berättelser, men det finns en lång rad andra klassiska verk som dragit nytta av hans författarskap såsom Robert Schumanns möjligen främsta pianokomposition *Kreisleriana* (1838/50), Léo Delibes balett *Coppélia* (1870) och Paul Hindemiths opera *Cardillac* (1926). En färgstark filmklassiker är Michael Powells och Emerich Pressburgers *The Tales of Hoffmann* (1951) efter Offenbachs opera.

FÖR VIDARE LÄSNING

Den som vill läsa mer om historien kring Mats Israelsson och hur hans och Margreta Olsdotters kärleksdrama har påverkat litteratur och konst genom tiderna, har en utmärkt källa att vända sig till i form av Bo G. Janssons redan nämnda forskning. Den hittas främst i avhandlingen *Fet-Mats: Den förstenade gruvdrängen i sakprosa och som inspirationskälla till dikt och konst från 1719 till 2010* (Högskolan Dalarna, 2010) och dels i den bearbetade versionen av avhandlingen, boken *Falu Koppargruva i skönlitteraturen, med särskild hänsyn till diktningen kring Fet-Mats-motivet* (Högskolan Dalarna, 2012). Jansson, som är professor i litteraturvetenskap, går minutiöst igenom allt som är känt om Mats Israelsson och hur motivet inspirerat litteratur och konst. Ett stort tack till Jan Reimer i Lund, som tipsade mig om Bo G. Janssons forskning.

Och den som är nyfiken på fantasins och kusligheternas mästare E.T.A. Hoffmann har en längre artikel att läsa om honom i Aleph Bokförlags faktaantologi *Fantasins urskogar* (2017).

– Rickard Berghorn

Falu gruva

En solklar och härlig dag i juli hade Göteborgs hela befolkning samlats på redden. En rik ostindiefarare lyckligen återvänd från det fjärran landet, låg för ankar i hamnen och lät sina klutar, de svenska flaggorna, muntert vaja i den azurblå luften, medan hundratals farkoster, båtar och ekor fullpackade med jublande sjöfolk simmade av och an på Göta Älvs spegelblanka vågor och Masthuggstorgets kanoner framdundrade sina vitt återskallande hälsningar över det vida havet. Herrarna i Ostindiska Kompaniet vandrade fram och tillbaka vid hamnen och beräknade med leende uppsyn den rikliga vinst som kommit dem till godo, och njöt med hjärtats fullaste fröjd vid tanken på att deras dristiga företag nu blomstrade alltmera för varje år och att det goda Göteborg undan för undan växte i kommersiell välmåga. Envar betraktade därför de redliga herrarna med lust och glädje och fröjdades med dem, ty med deras vinst mängdes ju saft och kraft i hela stadens rörliga liv.

Ostindiefararens besättning, en styrka på sina modiga hundrafemtio man, landade i ett antal för ändamålet utrustade båtar och redde sig till att avhålla sin hönsning. Så kallas nämligen den fest som vid dylika tillfällen firas av skeppsmanskapet och som ofta räcker flera dagar. Spelmän i underliga brokiga dräkter gick förut med fioler, flöjter, klarinetter och trummor, som de trakterade med liv och lust, medan andra sjöng muntra visor till melodierna. Efter dem följde matroserna par om par. Några, iförda brokigt bandbeprydda jackor och hattar, svängde fladdrande vimplar, andra dansade och skrattade, och alla hojtade och jublade, så att det glada gnyet skallade vida omkring i luften.

Så gick det lustiga tåget över varven – genom förstäderna till förstaden Haga, där det skulle festas och sviras tappert på gästgivaregården.

Där rann det härligaste öl i strömmar, och den ena stånkan tömdes efter den andra. Såsom alltid plägar vara fallet då sjöfolk återvänder från en långtur slöt sig inom kort en mängd vackra lastens tärnor till dem. Dansen började, och vildare och galnare blev jublet och kärleksyran.

Blott en enda sjöman, en smärt och vacker gosse, på sin höjd tjugo år gammal, hade smugit sig bort från orgien och satt sig ensam utanför på den bänk som stod vid krogens dörr.

Ett par matroser steg fram till honom, och den ene ropade med ett gapskratt: "Elis Fröbom! Elis Fröbom! Är du ännu en gång samma griniga narr och spiller den ljuva tiden med dumma tankar? Hör på, Elis, om du blir borta från vår hönsning kan du lika gärna bli borta från skutan! Det blir ändå aldrig någon rejäl sjöman av dig. Mod har du visserligen och nog är du kavat i faran, men supa kan du inte ett sabla dugg, utan behåller hellre dukaterna i fickan än du frikostigt vräker ut dem åt landkrabborna här. – Drick, pojke! Annars vid alla djävlar som flyger och far –!"

Elis Fröbom rusade hastigt upp från bänken, såg på matrosen med glödande blick, tog den med brännvin till brädden fyllda bägaren och tömde den i ett drag. Därefter sade han: "Du ser, Jöns, att jag kan supa lika bra som någon av er, och om jag är en duglig sjöman, det må kaptenen avgöra. Men håll nu din otidiga käft och knalla dig iväg! Jag vämjs vid era vanvettiga upptåg. Vad jag gör härute angår dig inte." – "Se så, jag vet ju att du är barnfödd närking", genmälde Jöns, och de ä alla dystra och ledsamma och har ingen riktig lust för det härliga sjömanslivet. Vänta du bara, Elis – jag skall skicka ut någon till dig som snart rycker dig från den där förhäxade bänken, där näcken nitat fast dig."

Länge dröjde det inte förrän en fint smyckad flicka kom ut genom gästgivarens dörr och satte sig hos den sorgsne Elis, vilken åter förstummad och inåtvänd slagit sig ned på bänken. Det syntes på jäntans utstyrsel och hela uppträdande att hon tyvärr fallit offer för onda lustar – dock hade ännu ej det vilda levernet övat

sin förhärjande makt på de underbart veka dragen i hennes hulda anlete. Intet spår av frånstötande fräckhet, nej, en tyst och trånande sorg kom till synes i de mörka ögonens blick.

”Elis! Vill ni verkligen inte delta i era kamraters glädje? – Rör sig inte alls någon levnadslust inom er, nu då ni åter kommit hem och sluppit undan de förrädiska vågornas hotande faror och ännu en gång står på fosterlandets mark?”

Så talade lastens dotter med mild och halvhög röst, i det hon slog sin arm kring ynglingen. Elis Fröbom tycktes vakna ur en djup dröm. Han såg flickan i ögonen, fattade hennes hand, tryckte den mot sitt bröst, och det märktes tydligt att den fala tärnans ljuvligt inställsamma ord vunnit genklang i hans inre.

”Ack”, började han slutligen, liksom om han besinnade sig, ”ack, min levnadslust är nu en gång oåterkalleligen förbi. Åtminstone kan jag inte vara med om mina kamraters larmande förströelser. Gå du bara in, mitt snälla barn och skratta och festa med de andra, om du det förmår, men låt den dystre och ledsamme Elis sitta ensam här ute. Han skulle förstöra all din glädje. – Men vänta! Jag tycker riktigt bra om dig, och du måste tänka vackert om mig då jag åter är på sjön.”

Därmed tog han två blanka dukater ur fickan, drog fram en vacker ostindisk duk från bröstet och gav båda åt glädjeflickan. Men klara tårar framträngde i hennes ögon; hon reste sig, lade dukaterna på bänken och sade: ”Ack, behåll ni era dukater, de gör mig bara sorgsen, men den vackra duken vill jag bära som ett kärt minne av er, och nästa år träffar ni mig nog inte, då ni håller er hönsning här i Haga.”

Därmed smög glädjeflickan, utan att återvända till krogen, bort över gatan, i det hon höll händerna för ansiktet.

Återigen sjönk Elis i sitt dystra drömmeri och ropade slutligen, då tumultet inne i källarsalen blev som allra vildast: ”Ack, den som ändå låg begraven längst nere på havets botten! Ty för mig finns inte mera någon människa som jag kunde glädja mig med!”

Då yttrade en djup och sträv röst tätt bakom honom: ”Du måste ha upplevt någon stor olycka, unge man, eftersom du önskar dig döden redan nu, då livet just borde börja för dig.”

Elis vände sig om och varseblev en gammal bergsman som med korslagda armar stödde sig mot krogens brädvägg och tittade ned på honom med allvarliga, genomträngande blickar.

När Elis länge sett på den gamle tycktes det honom som om en bekant gestalt vänligt tröstande kom till honom i den ödsliga ensamhet vari han trott sig förlorad. Han samlade sina tankar och berättade hurusom hans fader varit en duktig styrman, men omkommit i den storm varur han själv på underbart sätt hade räddats. Hans båda bröder hade som soldater stupat på slagfältet, och han ensam hade underhållit sin stackars övergivna moder med den rikliga hyra som han mottagit efter varje ostindiefärd. Ty sjöman hade han nu en gång måst bli, förutbestämd därtill redan som barn, och han hade ansett det vara en stor lycka att kunna träda i tjänst hos Göteborgs Handelskompani. Rikligare än någonsin hade vinsten denna gång utfallit, och varje matros hade förutom hyran erhållit en ansenlig penningsumma, så att han, med fickan full av dukater och hjärtat av fröjd skyndat till den lilla stuga där hans moder bodde. Men främmande ansikten hade tittat på honom genom fönstren, och en ung kvinna, som äntligen öppnat dörren för honom och för vilken han givit sig tillkänna hade i kärv ton meddelat att hans moder avlidit redan för tre månader sedan och att han i rådstugan kunde hämta det obetydliga skräp som blivit över, då begravningskostnaderna gäldats. Moderns död sönderslet hans hjärta; han kände sig övergiven av hela världen, ensam, liksom uppkastad på ett öde klipprev, hjälplös och förlorad. Hela hans liv på havet föreföll honom som ett ändamålslöst irrande. – Ja, då han tänkte på att hans moder kanske blivit illa skött av främmande människor och fått dö utan tröst, föreföll det honom lömskt och avskyvärt att han någonsin gått till sjöss och ej heller stannat hemma och försörjt och vårdat sin gamla mor. Kamraterna hade tvungit honom att delta i hönsningen, och själv hade han trott att jublet omkring honom, ja, väl även starka drycker skulle döva hans smärta, men det hade tvärtom tyckts honom som om alla ådror i hans bröst sprängdes och han måste förblöda.

Allt detta sade han.

”Hå hå!” inföll den gamle bergsmannen... ”du gungar nog snart återigen på böljan blå, Elis, och då dröjer det inte länge innan din sorg går över. Att gammalt folk dör, det kan nu en gång för alla inte hjälpas, och mor din har ju, enligt du själv tillstår, endast lämnat ett fattigt och bekymmersamt liv.”

”Ack”, genmälde Elis, ”ack, att ingen vill tro på min smärta, att man rent av skäller mig för en enfaldig tok – det är just det som stöter mig från världen. – Till sjöss, vill jag inte mera; det yrket är mig motbjudande. Fast nog svällde mitt hjärta av fröjd, då fartyget satte alla klutar till och vågorna plaskade och brusade i munter musik och vinden visslade genom varenda tackel och tåg. Då jublade jag hänförd med kamraterna på däck, och sedan, då jag hade vakt i den mörka tysta natten – då tänkte jag på hemkom-

sten och min snälla gamla mor, och hur hon skulle fröjdas, då hennes Elis en gång kom tillbaka. – Hej! Nog kunde jag då jubla vid hönsningen, då jag låtit dukaterna regna i min mors sköte, då jag förärat henne de vackra sidendukarna och många andra rariteter från fjärran land. Då hennes ögon blixtrade av glädje; då slog hon hop händerna den ena gången efter den andra, trippade strålande av förnöjsamhet och levnadslust beskäftigt omkring och hämtade fram det allra bästa ölet som hon gömt åt sin Elis. Och satt jag då hemma på aftonen hos den kära gumman, då berättade jag för henne historier om de märkvärdiga människor jag träffat tillsammans med, om deras underliga seder och bruk, och allt det sällsamma som hänt mig på den långa resan. Hon hade sin största fägnad därav och berättade i sin tur om min faders underbara färder längst uppe i höga norden och dukade upp allehanda rysliga skepparhistorier, som jag väl hört sina hundra gånger och ändå aldrig kunde höra mig mätt på! ... Ack! Vem låter väl nu all denna fröjd återigen komma mig till del! – Nej, aldrig i livet ger jag mig oftare ut på sjön! – Vad hade väl jag att beställa bland kamrater som endast skulle driva spektakel med mig, och varifrån skulle jag ta lusten till det arbete som endast tycktes mig vara ett mödosamt jäktande efter intet!"

"Unge man", sade gubben, då Elis äntligen tystnade, "jag hör med nöje dina ord, och utan att du såg mig har jag redan ett par timmar noga givit akt på hela ditt beteende och fägnat mig däråt. Allt vad du gjorde, allt vad du sade visar att du har ett djupt inåtvänt och fromt barnasinne, och en härligare gåva kunde himlen aldrig ha låtit dig komma till del. Men till sjöman har du aldrig dugt i hela ditt unga liv. Hur skulle väl det vilda, ostadiga livet till havs kunna tilltala er, närkingar – jag ser på dina anletsdrag och din hållning att du är närking – ja, hur skulle det väl kunna slå an på er närkingar som är så stillsamma av naturen och rent av dystert funtade? Du gör klokast i att sluta upp med det där livet för alltid. Men i alla fall är det väl inte din mening att lägga dig på latsidan? – Lyd mitt råd, Elis Fröbom; res till Falun och bli bergsman! Du är ung och stark och väl funtad. Snart blir du nog både huggare och stigare och så undan för undan högre i graderna. Du har gott om dukater i fickorna. Sätt in dem i företaget och förtjäna duktigt med pengar, så att du inom kort sitter på ditt eget bergsmanhemman och har dina fjärdeparter i gruvan. Lyd mitt råd, Elis Fröbom, och bli bergsman!"

Elis Fröbom nästan förskräcktes över gubbens ord. "Hur!" utbrast han. "Vad är det ni tillråder mig? Skulle jag för snöd vinning sänka mig ned i helvetesdjupet och likt en mullvad krafsa och böka efter malmer och metaller och utestänga mig från den sköna, fria jorden, från den klarblå solljusa himlen, som nu vederkvickande och fröjdeväckande välver sig över mig?"

"Kunde just tänka mig det!" utbrast gubben förtörnad. "Sådana är människorna, de föraktar det som de inte mäktar begripa. Snöd vinning! Liksom om alla de grymma kval på jordytan, som följer med handel och köpenskap, skulle gestalta sig ädlare än det arbete bergsmannen utför, bergsmannen, vars kunskaper och oförtrutna idoghet slår upp dörrarna till naturens lönligaste skattkammare. Du talar om snöd vinning, Elis Fröbom! – Å! här torde det likvisst gälla något högre. Då den blinda mullvaden av blott instinkt gräver sig in i jorden, så är det väl möjligt att människoögat blir klarsyntare i det djupaste gruvschakt vid lyktans matta sken, ja, att det omsider stärks allt mera och i stenarnas underbara värld mäktar skåda en avspegling av det som är förborgat ovan molnen. Du vet ingenting om bergshanteringen, Elis Fröbom, och vad du inte vet måste du låta dig berättas av andra." –

Med dessa ord satte sig gubben på bänken bredvid Elis och började synnerligen utförligt beskriva hur det gick till i gruvorna, och bemödade sig om att i de livligaste färger göra allt så åskådligt som möjligt för den lyssnande. Han talade även om bergverken i Falun, där han, enligt vad han påstod, arbetat sedan sin tidigaste ungdom. Han beskrev den stora dagöppningen med de svartbruna väggarna som där stöter ihop. Han talade om gruvans omätliga rikedom på de skönaste malmer och stenarter. Alltmer levande blev hans tal; alltmera lysande var hans blick. Han genomvandrade schakten, liksom om de varit de lättgådda alléerna i en sagoträdgård. Stenarna fick liv, fossilerna vaknade upp, de underbara pyrosmaliterna och almandinerna blixtrade vid gruvlampornas sken – bergskristallen blänkte och glimmade.

Elis lyssnade uppmärksamt. Hela hans varelse greps av gubbens egendomliga sätt att tala om mineraler, liksom om han befunnit sig mitt ibland dem. Han kände en beklämning i sitt bröst. Det tycktes honom som om han redan sänkt sig med den gamle ned i djupet och en mäktig förtrollning så obevekligt höll honom kvar där, att han aldrig mera skulle få skåda dagens välsignade ljus. Och likväl syntes det honom som om gubben för honom öppnat portarna till en ny och okänd värld, till vilken han hörde, och som om alla denna världens trolska ting redan under hans tidigaste gossår uppenbarat sig för honom i sällsamma, hemlighetsfulla aningar.

”Jag har”, sade gubben slutligen, ”jag har för dig framställt allt det härliga i ett yrke till vilket naturen egentligen och ursprungligen bestämt dig. Gå nu tillrätta med dig själv och handla så som ditt sinne inger dig!”

Därmed reste sig gubben hastigt från bänken och gick därifrån utan att säga farväl åt Elis eller vända sig och se på honom. Snart var han försvunnen.

Inne på krogen hade det under tiden blivit tyst. Det starka ölet och den ännu starkare finkeln hade gjort vederbörlig verkan. Många av skeppsbesättningen hade listat sig därifrån med sina skökor, och andra låg i var sin vrå och drog timmerstockar. Elis, vilken ju ej mera kunde få sitt sedvanliga tak över huvudet, erhöll efter enträgen begäran ett litet vindsrum.

Knappt hade han, trött och utvakad som han var, sträckt ut sig på sitt läger förrän drömmarna fläktade sina vingar över honom. Det tycktes honom som om han på ett präktigt skepp gled för fulla segel över det spegelblanka havet och som om en dunkel, molnhöljd himmel välvde sig över honom. Men då han nu skådade ned i vågorna fann han snart att det, som enligt hans förmenande var havet, blott var en fast, genomskinlig och glimmande massa, i vars skimmer hela fartyget på underligt sätt sammanflöt, så att han stod på kristallgolvet och över sig varseblev ett valv av svartglittrande sten. Sten var nämligen det som han i förstone trott vara en molndiger himmel. Driven av en okänd makt skred han fram, men i detta ögonblick rörde sig allt omkring honom, och likt krusiga vågor uppspirade ur marken underbara blommor och blad från det allra understa djupet och slingrades behagfullt om och i varandra. Marken var så klar, att Elis tydligt kunde iakttaga växternas rötter, men då han snart nog trängde allt djupare med sin blick varsnade han där nere otaliga hulda jungfruliga gestalter som höll varandra omslingrade med vitglänsande armar, och ur deras hjärtan växte dessa rötter och blommor och örter fram, och då ungmörna smålog tonade ett ljuvligt välljud genom det vida valvet, och högre och fröjdefullare spirade de underbara metallblomstren upp i rymden. En obeskrivlig förnimmelse av smärta och vällust intog ynglingen, en hel värld av kärlek, trängtan och innerlig trånad uppsteg i hans inre. ”Dit ned – dit ned till er!” ropade han och kastade sig med utsträckta armar på kristallgolvet. Men det gav vika under honom, och han svävade liksom i den skimrande etern. ”Nå, Elis Fröbom, hur trivs du i all denna härlighet?" – Så ropade en starkt ljudande röst. Elis varseblev bredvid sig den gamle bergsmannen, men ju ivrigare och noggrannare han betraktade honom, desto mer utpräglat göts han till en jättegestalt av glödande malm. Elis höll på att bli vettskrämd, men i samma ögonblick lyste det upp ur djupet liksom en klar ljungeld, och en imponerande kvinnas allvarliga anlete kom till synes. Elis förnam hurusom den i hans bröst undan för undan stigande förtjusningen omvandlades i förkrossande ångest. Gubben hade slagit sina armar om honom och ropade: Ta dig till vara, Elis Fröbom! Detta är drottningen. Ännu får du blicka uppåt. – Ofrivilligt vände han på huvudet och varseblev hur den nattliga himlens

stjärnor lyste genom en springa i valvet. En ljuv stämma ropade liksom i otröstlig klagan hans namn. Det var moderns röst. Han trodde sig se hennes skepnad däruppe bakom springan. Men det var en fager ungmö som sträckte sin hand ned från valvet och ropade hans namn. ”Bär mig upp!” skrek han åt gubben. ”Jag tillhör ju den övre världen och dess himmel!” – ”Ta dig i akt!” svarade gubben dovt; ”ta dig i akt, Fröbom! Var trogen den drottning, i vars tjänst du givit dig.” – Och då den unge mannen nu återigen skådade ned i den vördnadsbjudande kvinnans stela anletsdrag kände han att hans eget jag flöt samman med den glänsande stenmassan. Han skrek till i namnlös ångest och vaknade upp ur den underliga drömmen, vars tjusning och fasa genljöd i hans inre.

* * *

”Det var ju så gott som själviskhet att jag skulle drömma om sådana där konstiga ting”, sade Elis för sig själv, då han omsider hunnit samla sina tankar. ”Den gamle bergsmannen berättade ju så mycket för mig om den underjordiska världens härlighet att hela mitt huvud myllrar därav. Aldrig i livet har jag känt mig till mods som nu. – Kanske jag drömmer ännu. – Nej – nej – jag är troligtvis bara sjuk. Ut i det fria! Den friska sjöluften botar mig helt säkert!” – Han vältrade sig med en kraftansträngning ur sängen och rusade till hamnen, där hönsningens jubel började på nytt. Men snart blev han varse hurusom all levnadslust blev honom likgiltig, hurusom han ej förmådde hålla fast en enda tanke i sin själ, hurusom aningar, önskningar, dem han ej kunde namnge, genomkorsade hans inre. – Han tänkte med djupt vemod på sin hädangångna moder. Men sedan kom det för honom som om han återigen längtade efter att råka den goda sköka som föregående afton talat så vänligt till honom. Och så fruktade han återigen att om slinkan dök upp ur någon gränd, så skulle det i alla fall till sist bli den gamle bergsmannen, vilken – han kunde inte säga varför – ingav honom så mycken farhåga. Och ändå hade han gärna önskat att gubben förtäljt honom mera om bergshanteringens under.

Skakad hit och dit av alla dessa dystra tankar skådade han ned i böljorna. Och då levde han på nytt i sin dröm. Han skådade ånyo den mäktiga drottningens allvarliga anlete, och den kvävande ångesten, den häftiga längtan intog honom ånyo.

Kamraterna ryckte upp honom ur hans drömmar, han måste göra dem sällskap. Men det var liksom om en obekant röst ideligen viskat i hans öra: Vad har du här att beställa? – Bort! – Bort till bergverken i Falun! Där är ditt hem! – Där får du skåda all den härlighet du drömt om – bort, bort till Falun!

Tre dagar drev Elis Fröbom omkring på Göteborgs gator, ideligen jäktad av sina underliga drömbilder, ideligen manad av den obekanta rösten.

På fjärde dagen stod Elis utanför den norra stadsporten. Och just då gick en storvuxen manlig gestalt förbi honom genom portöppningen. Elis trodde sig ha känt igen den gamle bergsmannen och skyndade efter honom, driven av en oemotståndlig makt, dock utan att finna honom.

Utan rast eller ro gick han nu vidare. Elis var tydligt medveten om att han befann sig på vägen till Falun, och just detta lugnade honom i märkvärdigt hög grad, ity att han nämligen var förvissad om att ödets röst talat till honom genom den gamle bergsmannen, som nu även förde honom mot hans bestämmelse.

I själva verket såg han också mången gång, i synnerhet då han blev oviss om vägen, hur den gubben dök upp ur en klyfta, ur ett tätt busksnår, eller ur ett dunkelt stenröse, och vandrade framför honom utan att se sig om, för att snart helt plötsligt försvinna.

Sent omsider och efter många mödosamma genomvandrade dagar varseblev Elis i fjärran två stora sjöar, mellan vilka en tjock ånga uppsteg. I mån som han allt högre och högre klev uppför höjden västerut urskilde han i röken tvenne torn och några svarta tak. Gubben stod framför honom i jättestorlek med utsträckt arm mot ångan och försvann åter i berget.

"Det är Falun! Målet för min färd!" ropade Elis. – Han hade rätt, ty människorna, som vandrade efter honom, bekräftade att där vid sjön Runn låg Falun, och att han just nu steg uppför Gudsfridsberget, där gruvans stora dagöppning befann sig.

Elis Fröbom traskade på med gott mod; men då han stod inför det oerhörda helvetesgapet frös blodet till is i hans ådror, och han stelnade vid åsynen av den fruktansvärda förödelsen.

Som bekant är den stora dagöppningen till Falu koppargruva tolvhundra fot lång, sexhundra fot bred och hundraåttio fot djup. De svartbruna sidoväggarna sänker sig till en början alldeles lodrätt ner, men mot djupet blir de mera sluttande genom ofantliga mängder av malm och gråberg. I dessa och de andra sidoväggarna urskiljer man förtimringen till gamla schakt, som består av tjocka, tätt intill varandra lagda och sammanfogade trädstammar i stil med vanliga blockhusbyggnader. Intet träd, intet grässtrå spirar i den kala, söndersprängda klyftan, och i underliga gestaltningar, många gånger erinrande om jättelika petrifierade djur eller stundom om människokolosser reser sig de taggiga klippmassorna runtomkring. I avgrunden ligger huller om buller i en vild förödelsens styggelse slagg och stenar – utbränd malm; och en ständig, dövande svavelånga stiger upp ur djupet, liksom om föregick där nere en helvetisk sjudning, vars dunster förgiftar all naturens grönskande fägring. Man kunde tro, att Dante här nedstigit och skådat Inferno med hela dess fasa och alla dess tröstlösa kval.

Då nu Elis Fröbom blickade ned i djupet rann honom i sinnet vad den gamle rorgängaren på hans fartyg för länge sedan berättat honom. Gubben hade en gång, då han låg i feber, helt plötsligt fått en förnimmelse som om havets vågor rullat åt sidan och en omätlig avgrund öppnat sig för honom, så att han varseblev djupets hiskliga djurvidunder som vältrade sig i skiftande gestaltningar mellan tusenden sällsamma musslor och korallväxter, men som med uppspärrade gap förblivit stelnade alltsedan dödsminuten. En dylik syn, menade den gamle sjöbussen, betydde en snar död i vågorna; och verkligen kort därpå störtade han över däck i havet och var utan räddning försvunnen. På detta tänkte Elis; ty nog hade för honom denna avgrund en omisskännlig likhet med den av vågorna övergivna havsbottnen; och den svarta stenmassan, den rödblå malmslaggen tycktes honom vara vederstyggliga odjur, som sträckte sina skräckinjagande polyparmar mot honom. – Det slumpade så till att just några gruvarbetare steg upp ur djupet, och i sin märka dräkt och med sina svartmuskiga anleten, kunde de mycket väl liknas vid fula odjur som mödosamt krälade upp ur jordens innandömen.

Elis kände sig genombävad av en rysning och – något som ännu aldrig hänt sjömannen – han greps av svindel. Det föreföll honom som om osynliga händer dragit honom ned i avgrundsschaktet.

Med tillslutna ögon sprang han några steg tillbaka, och först då han hunnit ett stycke bort från Gudsfridsberget och blickade upp mot den härliga, solklara himlen, försvann den ångest, som denna rysliga anblick injagat hos honom. Han andades åter fritt och utbrast ur det innersta djupet av sin själ: – O, du livets Herre, vad är havets alla fasor mot den ryslighet som dväljs där borta i den öde stenklyftan! – Må stormen dåna, må de svarta molnen dyka ned i de brusande vågorna, snart segrar dock ånyo den sköna, härliga solen och inför hennes vänsälla anlete förstummas det vilda gnyet; men aldrig tränger hennes blick ned i dessa svarta hålor, och ingen frisk vårfläkt vederkvicker någonsin där nere människans bröst. – Nej, till er bör jag inte sälla mig, ni svarta jordmaskar, aldrig skulle jag kunna vänja mig vid ert dystra liv! –

Elis tänkte övernatta i Falun och sedan tidigt på morgonen anträda återvägen till Göteborg.

Då han anlände till marknadsplatsen, det så kallade Hälsingetorget, fann han en massa människor församlade.

Ett långt följe av bergsmän i full stass, med gruvlampor i händerna och spelmän i täten, stannade just utanför ett ståtligt hus. En reslig och smärt medelålders man steg ut och såg sig omkring milt småleende. På den fria, värdiga hållningen, den öppna pannan och de mörkblå tindrande ögonen måste man strax känna igen den äkta dalkarlen. Bergsmännen slöt en krets kring honom, med var och en av dem skakade han trohjärtat hand; åt var och en sade han ett vänligt ord.

Elis inhämtade, på förfrågan, att mannen var Pehrson Dahlsjö, masmästarålderman och innehavare av ett präktigt bergfrälsehemman vid Stora Kopparberg. Innehavarna av sådana hemman äger lotter i de gruvor vilkas drift de lagenligt är skyldiga att ombesörja. – Vidare berättade man för Elis att just idag bergstinget slutat och att gruvarbetarna därefter brukade dra omkring och uppvakta bergmästaren, hyttmästaren och åldermännen, hos vilka de alla blev gästfritt undfägnade.

Då Elis betraktade de vackra och ståtliga männen med de frimodiga och vänliga anletsdragen kunde han er mera tänka på de där jordmaskarna från den väldiga avgrunden. Den solljusa glättighet som uppflammade då Pehrson Dahlsjö trädde ut, var förvisso av helt annan art än sjöfolkets jubel vid hönsningen.

Den tyste, allvarlige Elis greps djupt in i hjärtat av det sätt på vilket dessa bergsmän fröjdades. Han kände sig obeskrivligt väl till mods, men han kunde knappt låta bli att gråta, då några av de yngre gruvarbetarna uppstämde en gammal visa som på en enkel, till hjärtat trängande melodi prisade bergshanteringens välsignelser.

Då visan slutet, öppnade Pehrson Dahlsjö dörrarna till sitt hus, och alla bergsmännen steg ditin, den ene efter den andre. Elis följde ofrivilligt efter och stannade på tröskeln, så att han kunde överskåda hela det rymliga golvet, där bergsmännen tog plats på bänkar. En rundlig måltid stod uppdukad på ett bord.

Nu öppnades en dörr mitt emot där Elis stod, och en fager festligt smyckad jungfru trädde in. Reslig och smärt, med det mörka håret hopvirat i flätor, och det vackra livstycket sammanhållet av dyrbara spännen steg hon fram i den blomstrande ungdomens ljuva behag. Alla bergsmännen reste sig och ett glatt mummel ljöd mellan lederna: "Ulla Dahlsjö! – Ulla Dahlsjö! – Tänk vad Gud välsignat vår hederlige ålderman med detta härliga, fromma änglabarn!" – Till och med de äldsta bergsmännens ögon lyste då Ulla räckte dem liksom de övriga sin hand till vänlig hälsning. Därefter bar hon fram präktiga silverbägare, skänkte i det mustiga ölet av äkta Falubrygd och bjöd det åt de muntra gästerna, i det oskuldens behag lyste i hennes väna ansikte.

Så snart Elis Fröbom varseblev ungmön tycktes det honom som om en ljungeld for genom hans inre och antände all himmelslust, allt kärleksve – all trånad som låg förborgad hos honom. – Ulla Dahlsjö var den som i den skickelsedigra drömmen räckt honom den räddande handen. Han trodde sig nu ana denna dröms djupa betydelse, och i det han glömde den gamle bergsmannen prisade han det öde som fört honom till Falun.

Men där han stod på tröskeln, kände han sig som en obeaktad främling, olycklig, tröstlös och övergiven, samt önskade att han fått dö innan han skådade Ulla Dahlsjö, enär han ju nu dock måste förgås av kärlek och trängtan. Han förmådde ej vända bort blicken från den hulda mön, och då hon snuddade helt nära förbi honom ropade han halvhögt och med bävande röst hennes namn. Ulla såg sig om och upptäckte den arma Elis som med en glödande rodnad över hela sitt anlete och med sänkta ögon stod där – orörlig – oförmögen att yttra ett ord.

Ulla närmade sig honom och sade med ett huldrikt leende: "Ni är säkert en främling, kära vän! Det märker jag på er sjömansdräkt! – Nå! varför står ni där på tröskeln? – Kom in och fägna er med oss." – Därmed tog hon honom i handen, förde honom fram i rummet, räckte honom ett bräddat krus öl och sade: "Drick, kära vän, och var hjärtligt välkommen!"

Det föreföll Elis som om han svävade i en härlig dröms underbara paradis, ur vilket han snart skulle bortjagas, för att därefter känna sig obeskrivligt olycklig. Mekaniskt tömde han bägaren. I samma ögonblick närmade sig honom Pehrson Dahlsjö och frågade, sedan han med en trofast välkomsthälsning skakat hans hand, varifrån han kom och i vilket ärende han anlänt till Falun.

Elis förnam den ädla brygdens värmande kraft i alla sina ådror. Genom att blicka den hedervärde åldermannen i ögonen kände han sig glättig och modig till sinnes. Han berättade hurusom han, son av en sjöman, från pojkåren varit till havs, hurusom han ej funnit den av honom försörjda och omhuldade modern vid liv; hurusom han nu kände sig ensam i världen; hurusom det vilda sjölivet nu blivit honom fullkomligt motbjudande, hurusom hans inre håg drev honom till bergsbruket och han nu här i Falun skulle bemöda sig att förtjäna sitt uppehälle som gruvarbetare. Det sistnämnda, som i så hög grad stred mot allt vad han några ögonblick tidigare beslutat, undslapp honom helt ofrivilligt. Det tycktes honom som om han omöjligen kunnat yppa någon annan föresats för åldermannen, ja, som om han rent av uttalat sin innerligaste önskan.

Pehrson Dahlsjö såg på ynglingen med allvarlig uppsyn, liksom om han velat pejla hans inre, varefter han sade:

”Jag kan inte förmoda, Elis Fröbom, att endast lättsinne kallar dig från ditt forna yrke och att du noggrant betänkt bergsmanslives besvärligheter och vedermödor innan du fattat beslutet att ägna dig däråt. Det är en gammal tro hos oss, att bergsmannen förintas av de mäktiga elementen, bland vilka han djärvt rör sig, ifall han ger spelrum åt andra tankar, som försvagar den kraft han odelat måste ägna åt sitt arbete i jord och eld. Men har du fattat ditt beslut efter mogen överläggning så är du kommen i ett lyckligt ögonblick. Vid min gruvlott saknas arbetare. Du kan, om du vill, få stanna hos mig genast och i morgon ge dig dit med stigarna, som snart skall anvisa dig ditt arbete.

Elis hjärta svällde vid Pehrson Dahlsjös ord. Han tänkte ej mera på rysligheterna i det fasaväckande helvetesgap dit han skådat. Att han nu dagligen skulle få skåda den fagra Ulla och bo under samma tak som hon, det fyllde honom med salighet och förtjusning, och han överlämnade sig åt de ljuvaste förhoppningar.

Pehrson Dahlsjö tillkännagav för bergmännen att en ny lärjunge just anmält sig hos honom till arbete och lät dem stifta bekantskap med Elis Fröbom.

Alla blickade med välbehag på den kraftfulle ynglingen som med sin smidiga kroppsbyggnad tycktes liksom skapad till bergsman, och helt säkert skulle han ej låta något komma sig till last i bristande flit och redlighet.

En av bergsmännen, redan långt till åren kommen, närmade sig honom och skakade trohjärtat hans hand. Han sade att han var Pehrson Dahlsjös överstigare vid dennes gruvlott och att han skulle låta sig mycket angeläget vara att sorgfälligt upplysa honom om allt vad han behövde veta. Elis måste sätta sig hos honom, och genast började gubben vid sitt ölkrus utförligt orda om lärlingarnas första arbete.

Elis påminde sig åter den gamle bergmannen från Göteborg, och han förmådde egendomligt nog i det närmaste återge allt vad denne sagt honom. "Hå hå!" utbrast den häpne överstigaren. "Varifrån har du fått alla de där vackra kunskaperna, Elis Fröbom? – Nå, då kan det inte fattas mycket uti att du snart blir den duktigaste lärlingen i hela laget!"

Den fagra Ulla, som gick fram och tillbaka bland gästerna och trakterade dem, nickade ofta vänligt åt Elis och uppmanade honom att vara riktigt glad. Nu var han ju inte mera en främling, sade hon, utan tillhörde huset och ej det bedrägliga havet – nej! – Falun med sina rika gruvor vore hans hemvist! – En himmel av lycksalighet upplät sig för ynglingen vid Ullas ord. Det märktes väl att Ulla gärna dröjde hos honom, och på sitt stillsamma, allvarliga sätt betraktade honom även Pehrson Dahlsjö med synbart välbehag.

Dock slog hjärtat våldsamt hos Elis, då han ånyo stod vid det rykande helvetesgapet och insvept i sin bergsmansdräkt, med de tunga järnbeslagna dalkarlsskorna på sina fötter, åkte ned med stigarna i det djupa schaktet. De heta ångorna, som lade sig över hans bröst, tycktes vilja kväva honom; stundom fladdrade gruvlyktorna för det bitande kalla luftdraget, som strömmade genom avgrunden. Allt djupare bar det nedåt, till sist på knappast fotsbreda järnstegar, och Elis Fröbom märkte granneligen att all den färdighet i klättring som han förvärvat under sin sjömanstid, ej förmådde hjälpa honom här.

Äntligen stod de i det djupaste schaktet och stigaren anvisade åt Elis det arbete som han där skulle förrätta.

Elis tänkte på den fagra Ulla; likt en skimrande ängel såg han hennes fagra gestalt sväva över sig, och han glömde alla avgrundens fasor, alla det besvärliga arbetets vedermödor. Det stod nu en gång för alla fast i hans själ att han, blott om han hos Pehrson Dahlsjö med all sitt sinnes förmåga, med uppbjudande av alla de ansträngningar hans kroppskrafter tålde, hängav sig åt bergsbruket – att endast i det fallet måhända en gång skulle uppfyllas hans ljuvaste förhoppningar, och så hände det sig att han inom otroligt kort tid gjorde lika duktigt arbete som den mest beprövade bergsman.

Den redlige Pehrson Dahlsjö blev allt mera nöjd med den flitige och redbare ynglingen, och ofta sade han honom oförställt att han i honom funnit inte allenast en duktig gesäll, utan lika mycket en avhållen son. Även Ullas djupaste böjelse gav sig alltmera tillkänna. Ofta, då Elis gick till arbetet och något farligt var på färde, bad och besvor hon honom med klara tårar i ögonen att för allt i världen akta sig för varje olycka. Och då han därefter kom tillbaka ilade hon honom till mötes och hade alltid till hands antingen det yppersta slaget öl eller någon särskilt välsmakande rätt att vederkvicka honom med.

Elis hjärta bävade av fröjd, då Pehrson Dahlsjö en gång sade åt honom att det aldrig kunde slå fel att han – Elis – tack vare sin flit och sparsamhet och då han ju dessutom medfört en vacker summa, framdeles måste förvärva sig ett bergshemman, ja, kanske till och med ett bergfrälse, och att då säkerligen ingen självägande bergsman i Falun skulle avvisa honom ifall han begärde dennes dotter till maka. Nu kunde han genast ha yppat hur outsägligt han älskade Ulla och hur han inriktat sitt livs alla förhoppningar på att hon skulle bli hans. Men en oövervinnelig skygghet, dock kanske ännu mera det kväljande tvivlet, huruvida Ulla verkligen också älskade honom, i trots av vad han ofta anat – dessa känslor satte lås för hans mun.

Det hände en gång att Elis arbetade i det djupaste schaktet, kringvärvd av tät svavelånga, så att hans gruvlykta endast svagt lyste igenom och han knappt förmådde urskilja gångarna i berget. Då hörde han hur det bultade dovt nere från ett ännu djupare schakt, liksom om någon arbetat med slägga. Då slikt arbete inte var möjligt på detta djup och Elis nogsamt visste att idag ingen utom han själv farit ned, alldenstund stigaren just fördelade arbetet bland folket i befordringsschaktet, så föreföll honom detta dån och detta bultande tämligen hemskt. Han lät handklubba och bräckjärn vila och lyssnade till de starka ljuden som tycktes komma allt närmare och närmare. Med ens varsnade han alldeles bredvid sig en svart skugga, och då just nu inströmmande luftdrag blåste bort svavelångan kände han igen den gamle bergsmannen från Göteborg. ”Lycka till!” ropade gubben. ”Lycka till, Elis Fröbom, här nere i berget! – Nå, kamrat, vad tycker du om det här livet?” – Elis tänkte fråga på vilket underligt sätt gubben kommit ned i schaktet; men han lät sin slägga falla mot stenen med sådan kraft att eldgnistor sprutade omkring dem och det genljöd liksom av fjärran tordön i schaktet, och därefter ropade han med skräckinjagande röst: ”Detta är en härlig koppargång, men du, oduglige sömnige gesäll, skådar inte annat än brottstycken. Här nere är du en blind mullvad, som metallrikets furste i evig tid skall förbli obenägen, och där uppe förmår du intet heller uträtta, och fåfängt spanar du efter garkopparn. – Ha! du vill erövra Pehrson Dahlsjös dotter Ulla till maka – därför arbetar du här utan kärlek och eftertanke. – Ta dig i akt, du falska gesäll, så att inte metallernas furste, som du hånar, griper dig och slungar dig nedåt så att dina lemmar söndersmulas mot de vassa bergväggarna! – Och aldrig blir Ulla din hustru, sanna mina ord!” –

Elis brusade upp av vrede vid gubbens skamliga ord. Han ropade: ”Vad gör du här i min husbonde Pehrson Dahlsjös gruva, där jag arbetar av alla krafter och strävar pliktenligt i mitt yrke? Lyft dig härifrån såsom du kommit hit, annars får vi se vem som först här nere krossar hjärnan på den andre!” – Därmed ställde sig Elis Fröbom trotsigt inför gubben och svingade högt i luften sin handklubba, med vilken han arbetat. Gubben brast i ett hånfullt skratt, och Elis varseblev med stor fasa hur han likt en ekorre skuttade uppför de smala stegpinnarna och försvann i den svarta klyftan.

Elis kände sig liksom förlamad i alla leder. Arbetet ville ej vidare lyckas honom, och han steg uppåt. Då den gamle överstigaren, som nyss kommit ur befordringsschaktet, varsnade honom, ropade han: ”För Guds skull, Elis, vad har hänt dig? Du ser så blek och förstörd ut som själva döden! Å, jag förstår! Det är svavelångornas fel, du är ännu inte van vid dem! Nå, drick, min präktige pojke! Det skall göra dig gott!” – Elis tog en duktig klunk brännvin ur den flaska som överstigaren bjöd honom, och sedan han känt sig stärkt därav berättade han allt som förefallit där nere i schaktet, ävensom på vilket sätt han gjort den hemska bergsmannens bekantskap i Göteborg.

Överstigaren hörde lugnt på allt detta, skakade därefter betänksamt på huvudet och sade: ”Elis Fröbom, det måste ha varit gamle Torbern som du träffat, och jag inser nu granneligen att det måste vara mer än en saga, vad vi förtäljer om honom bland oss. För över hundra år sedan fanns här i Falun en bergsman vid namn Torbern.

Han lär ha varit en av de första som satte Falu gruva i flor, och på hans tid var avkastningen vida rikligare än nu. Ingen förstod sig i dessa dagar så bra på bergverket som Torbern. Han var invigd i bergvetenskapens djupaste hemligheter och förestod hela bergväsendet i Falun. Liksom om han varit utrustad med en särskild och högre kraft upplät sig för honom de ymnigaste malmgångar, och därtill kom ytterligare att han var en mörkhågad och djupsinnig man som, utan att äga hustru och barn, ja, utan att ha egentligt tak över huvudet, nästan aldrig kom upp i dagsljuset, utan ständigt rotade bland djupen, så att det ingalunda var märkligt, att det snart om honom gick den sägnen att han stod i förbund med den hemlighetsfulla makt som regerar i jordens sköte och kokar metallerna. Utan att akta på de stränga förmaningar från Torbern, som ideligen profeterade olycka, såvida inte den sanna kärleken till malmen och bergarterna eggade gruvarbetaren, utvidgade man i girig vinningslystnad gruvorna alltmera och mera, tills omsider midsommardagen år 1687 inträffade det fruktansvärda bergras, som skapade vår oerhörda 'Stora Stöt' och därvid förhärjade hela anläggningen till den grad att först efter mycken möda och mycken konstskicklighet månget schakt kunde återställas på nytt. Av Torbern varken hörde eller såg man något mera, och förvisso tycktes det som om han krossats vid gruvraset. – Snart därefter och just vid den tidpunkt då arbetet började arta sig allt bättre och bättre, påstod huggarna att de i schaktet sett gamle Torbern, som givit dem allehanda goda råd och visat dem de präktigaste malmgångar. Andra hade sett gubben ströva omkring vid Stora Stöten, än vemodigt klagande, än ursinnigt domderande. Andra unga män kom hit liksom du och betygade att en gammal bergsman uppmuntrat dem till bergsbruk och visat dem hit. Detta skedde varje gång då det var brist på arbetare, och nog kan det sägas att gubben Torbern på det viset sörjde för bergsnäringen. – Är det nu verkligen gamle Torbern, som du grälat med i schaktet, och har han talat om en präktig trappgång, så är det säkert att där finns en rik malmådra, som vi imorgon skall forska efter."

Då Elis Fröbom, jäktad av mångahanda tankar, steg in i Pehrson Dahlsjös hus kom honom Ulla ej efter vanligheten vänligt

till mötes. Med sänkt blick och, såsom Elis tyckte sig märka, med förgråtna ögon satt Ulla där och bredvid henne en ståtlig ung man, som höll hennes hand fast i sin egen och ansträngde sig att säga henne en mängd vänligt skämtsamma ord, åt vilka Ulla dock ej ägnade synnerlig uppmärksamhet. – Fattad av dystra aningar lät Elis Fröbom sin blick oavvänt vila på paret. Pehrson Dahlsjö drog honom med sig in i ett annat rum och började: ”Nu, Elis Fröbom, får du snart tillfälle att visa din kärlek till mig, din trofasthet, ty om jag också redan från början städse betraktat dig som min son, så kommer du hädanefter att i verkligheten bli det helt och hållet. Mannen, som du ser hos mig, är den rike köpmannen Erik Olofson från Göteborg. På hans frieri ger jag honom min dotter till hustru. Han flyttar med henne till Göteborg, och sedan, Elis, blir du ensam hos mig som mitt enda ålderdomsstöd. – Nåväl, Elis, du förblir stum? – Du bleknar, jag hoppas att mitt beslut inte misshagar dig, att du nu, då min dotter lämnar mig, också tänker överge mig! – Men jag hör herr Olofson nämna mitt namn – jag måste ditin! –”

Därmed fick Pehrson tillbaka in i andra rummet.

Elis kände sitt inre söndersargat av tusende glödande knivar – han hade inga ord, inga tårar. – I vild förtvivlan störtade han ut ur huset – bort – bort – ända till den stora gruvöppningen. Om den oerhörda klyftan redan vid dagsljus erbjöd en skräckinjagande anblick, så var det nu efter nattens inbrott, och då månen först skymtade fram, liksom om en oräknelig skara rysansvärda vidunder myllrade därnere, helvetets avskyvärda missfoster, som från den rykande avgrunden blängde upp med sina eldögon och sträckte sina jätteklor efter de arma människobarnen.

"Torbern – Torbern!" skrek Elis med fruktansvärd röst, så att de öde klyftorna återskallade – "Torbern, här är jag! – Du hade rätt, jag var en lumpen gesäll som hängav mig åt enfaldigt levnadshopp på jordens yta! – Stig ned med dig, visa mig de rikaste trappgångarna, där vill jag böka och borra och arbeta och aldrig vidare skåda dagens ljus! – Torbern! – Torbern – stig ned med mig!"

Elis tog flinta och stål ur fickan, tände sin gruvlykta och steg ned i det schakt, som han dagen förut befarit, utan att gubben lät se sig.

Men då han ivrigare och ivrigare fäste sin blick på den underbara ådern i berget var det honom liksom ett bländande sken drog genom hela schaktet och som om dess väggar blev genomskinliga likt den klaraste kristall. I detta återvände nu den skickelsedigra dröm han drömt i Göteborg. Han blickade in i de paradisiska fälten av de härligaste metallträd och buskar, på vilka hängde frukter och blommor och blomklasar av eldstrålande ädelstenar. Han såg ungmörna, han skådade den mäktiga drottningens majestätiska

anlete. Hon grep honom, drog honom nedåt och tryckte honom till sitt bröst. Då genomdallrade en glödande stråle hans inre, och hans medvetande var endast förnimmelsen av att han flöt på blått, genomskinligt och gnistrande töcken.

"Elis Fröbom! Elis Fröbom!" ropade en starkt ljudande röst ovanifrån, och återskenet av facklor föll ned i schaktet. Det var Pehrson Dahlsjö själv som klev ned med stigaren för att söka ynglingen som de sett rusa liksom rena rama vanvettet mot den stora gruvöppningen.

De fann honom stående liksom förstelnad, med ansiktet tryckt mot den kalla stenen.

"Obetänksamme unge man! Vad gör du här nere nattetid?" ropade Pehrson åt honom. "Samla dina krafter och stig upp med oss – vem vet vilka glada nyheter du får veta däruppe!"

I djup tystnad steg Elis uppåt; i djup tystnad följde han efter Pehrson Dahlsjö som ej förtröttades i att gräla duktigt på honom, emedan han begivit sig i en dylik fara.

Morgonen hade inbrutit ljus och klar, då de trädde in i huset. Med ett skri störtade Ulla till Elis bröst och överhopade honom med de ljuvaste namn. Men Pehrson Dahlsjö sade åt Elis: "Din narr! Skulle jag således inte länge sedan ha vetat att du älskade Ulla och nog blott för henne arbetade med sådan flit och iver i gruvan. Skulle jag ej för länge sedan ha varsnat att Ulla även älskade dig av sitt innersta hjärta? Kunde jag väl tänka mig en bättre måg än en duglig och redbar bergsman – än dig själv, min präktige Elis? – Men att du teg, det förargade och kränkte mig." – "Månne vi själva vetat att vi älskade varandra så outsägligt?" avbröt Ulla sin fader. – "Må det förhålla sig därmed hur som helst", fortfor Pehrson Dahlsjö; "nog grämde det mig att Elis inte öppet och ärligt talade om sin kärlek för mig, och av det skälet och därför att jag också ville pröva ditt hjärta, dukade jag igår upp den där fabeln med herr Erik Olofson – en historia som, ifall den varit sann, snart skulle ha fört dig i graven. Din enfaldiga narr! Herr Erik Olofson är ju längesedan gift, och dig, min präktige Elis Fröbom, ger jag min dotter till äkta hustru, ty jag upprepar att jag aldrig kunde önska mig en bättre måg."

Av idel fröjd och lycksalighet trillade tårarna utför Elis kinder. All livets sällhet hade så oväntat fallit över honom, och han var ej långt ifrån att tro att han återigen levde i en härlig dröm!

På Pehrson Dahlsjös inbjudan samlades bergsmännen på middagen till en glädjemåltid. Ulla hade prytt sig med sina kostbaraste smycken och såg täckare och behagligare ut än någonsin, så att var och en ropade ljudligare än den andre: ”Å, vilken lysande och härlig brud har inte Elis Fröbom förvärvat! – Nåväl! – Himlen signe dem båda i deras fromhet och dygd!”

Över Elis Fröboms bleka anlete vilade ännu nattens utståndna skräck, och ofta stirrade han framför sig, liksom om han varit bortryckt från hela sin omgivning.

”Vad fattas dig, min Elis?” frågade Ulla. Elis tryckte henne till sitt bröst och sade: ”Jovisst! Jovisst! – Du är verkligen min, och nu är ju allt gott och väl!” –

Mitt uppe i all denna sällhet tycktes det Elis mången gång som om en iskall hand grep om hans inre och som om en dov röst yttrade:

”Är detta således ännu ditt högsta, att du förvärvat Ulla? Du arma dåre! – Har du inte skådat drottningens anlete?” –

Han kände sig nästan överväldigad av en obeskrivlig ångest. Den tanken kväljde honom att han nu plötsligt skulle få se en av bergsmännen resa sig jättehög inför honom och att han till sin fasa skulle känna igen Torbern, som kommit för att meddela honom en fruktansvärd kallelse tillbaka till det stenarnas och metallernas underjordiska rike åt vilket han ägnade sig!

Och likvisst visste han å andra sidan inte alls varför den spöklika gubben skulle vara honom fientlig eller vad hans bergsmansyrke hade att skaffa med hans kärlek.

Pehrson varsnade tydligt Elis Fröboms förstörda sätt, och han tillskrev det den överståndna faran nere i schaktet. Men inte så Ulla. Gripen av en hemlig aning uppmanade hon enträget sin älskade att säga vad rysligt det var som hänt honom och som med sådan makt lade beslag på alla hans tankar. Elis bröst var nära att sprängas. Fåfängt kämpade han efter styrka att för sin älskade berätta något om den syn han skådat i gruvan. Det var som om han ur sin inre blick varsnade drottningens fruktansvärda anlete; och nämnde han hennes namn så skulle, liksom vid åsynen av det förskräckliga Medusahuvudet, allt förenas kring honom till en dyster klyfta! – All den härlighet, som där nere i djupet fyllt honom med den högsta lycksalighet, föreföll honom nu likt ett helvete av tröstlösa kval, och bedrägligt utsmyckad för att inleda en i den mest förgörande frestelse!

Pehrson Dahlsjö gav befallning att Elis Fröbom några dagar skulle stanna hemma för att hämta sig från den sjukdom vari han tycktes ha råkat. Ullas kärlek, som nu ljus och klar utströmmade ur hennes barnafromma hjärta, förjagade under denna tid hans tankar på det skickelsedigra äventyret i schaktet. Elis levde på nytt upp i sällhet och fröjd och trodde på sin lycka, som väl någon ond makt inte vidare skulle kunna skövla.

Då han åter for ned i schaktet tycktes honom allt där nere gestalta sig annorlunda. De härligaste gångar låg öppna för hans ögon, han arbetade med fördubblad iver, han glömde allt. Han måste ju, då han återigen kommit upp till ytan, tänka på Pehrson Dahlsjö, på sin Ulla. Han kände sig liksom delad i två halvor; det tycktes honom som om hans bättre, hans egentliga jag steg ned till jordklotets medelpunkt och vilade uti drottningens armar, medan han i Falun sökte upp sitt dystra läger. Talade Ulla med honom om sin kärlek och om hur lyckligt de skulle leva med varandra, så började han orda om djupets härligheter; om de omätligt rika skatter som där låg förborgade, och förirrade sig därvid i så underligt obegripligt prat att ångest och beklämning grep den stackars flickan, och hon kunde ej fatta hur Elis ändrat sig till den grad i hela sitt väsen. – För stigaren, för Pehrson Dahlsjö själv omtalade Elis oupphörligt och av hjärtans lust hur han upptäckt de rikaste ådror, de härligaste malmgångar, och då de sedan ej fann något annat än den värdelösa stenen skrattade han gäckande och förmenade att det endast var han som begrep de hemliga tecknen, den betydelsefulla skriften som drottningens egen hand inristat och att det egentligen också kunde vara nog att förstå dessa tecken, utan att uppfordra i dagsljuset vad de förkunnade.

Vemodigt blickade den gamle stigaren på ynglingen, då denne med vild lågande blick talade om det glänsande paradis som lyste fram ur jordens djupaste sköte.

"Ack, herre", ljöd gubbens viskning i Pehrson Dahlsjös öra, "ack, herre, det är den onda Torbern som fått den stackars gossen i sitt våld!"

"Tro inte på sådana bergsmanssagor, gubbe!" genmälde Pehrson Dahlsjö. – "Kärleken har förvridit huvudet på vår tungsinta närking, det är alltsamman. Låt endast bröllopet vara undanstökat så ger det snart med sig, allt det där om malmgångar och skatter och hela det underjordiska paradiset! –"

Den av Pehrson Dahlsjö bestämda bröllopsdagen randades omsider. Redan några dagar förut hade Elis Fröbom varit tystare, allvarligare och mera inåtvänd än någonsin, men samtidigt hade han aldrig så helt som under denna tid hängivit sig åt sin kärlek till den väna Ulla. Han kunde ej ett ögonblick skilja sig från henne, och därför gick han ej till gruvan. Han tycktes ej alls tänka på sina oroliga bergsmansdrömmar, ty intet ord om det underjordiska riket kom över hans läppar. Ulla var helt uppfylld av sällhet. Flyktad var all ångest för att de underjordiska klyftornas hotfulla makter, om vilka hon ofta hört gamla bergsmän tala, skulle locka hennes Elis i fördärvet. Även Pehrson Dahlsjö yttrade leende åt den gamle stigaren: "Nu ser du väl, att Elis Fröbom endast hade blivit yr i huvudet av kärlek till min Ulla!" –

Tidigt om morgonen på bröllopsdagen – det var midsommardagen – knackade Elis på sin bruds dörr. Hon öppnade och ryggade förskräckt tillbaka då hon såg Elis redan iförd bröllopsdräkten, dödsblek och med en dunkelt lågande blick i ögonen.

"Jag vill endast tala om för dig, min hjärtans kära Ulla", sade han halvhögt och med lindrigt ostadig röst, "att vi står tätt invid höjdpunkten av den högsta lycka som någonsin beskärts en människa här på jorden. För mig har i denna natt allt blivit uppenbarat. Där nere i djupet ligger infattad i klorit och glimmer, den körsbärsrött glänsande almandin, på vilken vår levnadstavla står inristad, och den måste du mottaga av mig som brudskänk. Den är skönare än den härligaste rubin och då vi, förenade i trogen kärlek, blickar ned i dess klart strålande ljus, kan vi skåda hur vårt inre är hopvuxet med de underbara grenarna som i jordens medelpunkt spirar upp ur drottningens hjärta. Det är endast av nöden att jag befordrar denna sten upp i dagsljuset, och det tänker jag göra just nu. Må väl så länge, min hjärtas älskade Ulla! – snart är jag åter här."

Med heta tårar besvor Ulla den älskade att avstå från detta fantastiska företag, enär hon anade storolycka. Men Elis Fröbom för-

säkrade att han utan denna sten aldrig skulle få en lugn stund, och att någon som helst hotande fara ingalunda vore att tänka på. Han tryckte bruden innerligt till sitt bröst och avlägsnade sig därifrån.

Redan var gästerna samlade för att ledsaga brudparet till Kopparbergskyrkan där efter slutad gudstjänst vigseln skulle försiggå. En hel skara prydligt smyckade jungfrur, som enligt övligt bruk skulle gå före bruden som tärnor, skrattade och skämtade kring Ulla. Musikanterna stämde sina instrument och intonerade en munter bröllopsmarsch. – Redan var det nära middag, och ännu kom ingen Elis Fröbom till synes. Då framstörtade plötsligt några bergsmän med de bleka anletena vanställda av ångest och fasa och berättade hurusom ett fruktansvärt ras fyllt igen hela den gruva, vari Dahlsjös lott var belägen.

"Elis – min Elis, du är borta – borta!" Så skrek Ulla ljudligt till och föll ned liksom död. – Först nu erfor Pehrson Dahlsjö av stigaren att Elis tidigt på morgonen gått till Stora Stöten och begivit sig ned; eljest hade ingen arbetat i schaktet, enär alla gesäller och stigare var bjudna till bröllopet. Pehrson Dahlsjö och alla bergsmännen ilade dit, men alla efterforskningar, som de företog med största fara för sitt eget liv, förblev fruktlösa. Elis Fröbom återfanns inte. Det var säkert att raset begravt den olycklige bland stenmassorna. Och så lägrade sig jämmer och elände över den hedersmannen Pehrson Dahlsjös hus just i det ögonblick då han ämnat bereda sig frid och ro för sina gamla dagar.

Länge sedan var den präktige masmästareåldermannen Pehrson Dahlsjö hädangången, länge sedan hans dotter Ulla försvunnen. Ingen i Falun visste numera något om dem båda, då sedan Elis Fröboms olycksaliga bröllopsdag väl femtio år hade förflutit. Då hände det att bergsmännen, medan de prövade ett durkslag mellan två schakt, på trehundra alnars djup i vitriolvattnet fann liket av en ung bergsman, som tycktes förstenat, då de forslade upp det i dagsljuset.

Det föreföll som om ynglingen vilade i djup sömn, så väl bibehållna var hans anletsdrag, så utan alla spår av förvittring var hans prydliga bergsmansdräkt, ja, själva buketten på hans bröst. Hela traktens befolkning samlades kring ynglingen, som dragits upp ur djupet, men ingen kände igen likets anletsdrag, och ingen av bergsmännen förmådde heller erinra sig att någon av kamraterna omkommit vid ett gruvras. Man stod i begrepp att föra liket vidare till Falun, då på avstånd en urgammal gumma med järngrått hår flämtande släpade sig fram på kryckor. ”Där kommer midsommargumman!” ropade några av bergsmännen. Detta namn hade de givit den gamla, enär de sedan många år iakttagit hur hon uppenbarade sig varje midsommardag, blickade ned i djupet, vred sina händer, vankade omkring gruvan med den ömkligaste veklagan och därefter försvann.

Knappast hade gumman varsnat den stelnade ynglingen förrän hon släppte båda kryckorna, sträckte armarna högt mot himlen och i det mest hjärtskärande tonfall av klagan utbrast: ”O, Elis Fröbom – o, min Elis – min ljuva brudgum!” Och därmed kröp hon ihop bredvid liket, grep de stelnade händerna och tryckte dem mot sitt av ålder kallnade bröst, i vilket ännu klappade ett av kärlek brinnande hjärta, liksom helig naftaeld lågar under isskorpan. ”Ack”, sade hon därefter, i det hon lät sin blick glida över kretsen, ”ack, ingen, ingen av er känner mera den arma Ulla Dahlsjö för femtio år sedan, denne ynglings lyckliga brud! – Då jag med klagan och jämmer drog till Ornäs, då tröstade mig gamle Torbern och sade att jag ännu en gång här på jorden skulle få återse min Elis, han som begravdes av berget, och så har jag kommit hit år ut och år in, och med trängtan och trogen kärlek har jag skådat ned i djupet. – Och idag har sannerligen vederfarits mig slikt saligt återseende! – O min Elis – min älskade brudgum!”

Återigen slog hon de skrumpna armarna kring ynglingen, liksom om hon aldrig velat släppa honom, och alla stod där djupt rörda.

Allt mera dämpade blev gummans klagande suckar och snyftningar, ända tills de dovt förtonade.

Bergsmännen trädde fram, de ville resa upp den arma Ulla, men hon hade utandats sitt liv på den stelnade brudgummens lik. Man märkte att den olyckliges kropp, som falskeligen antagits vara förstenad, började smulas sönder i stoft.

I Kopparbergs kyrka där paret skulle ha vigts för femtio år sedan, bisattes ynglingens stoft jämte hans i den bittra döden trogna brud.

... är del av Aleph Bokförlag. Utger tankeväckande och märkliga böcker för dig som är intresserad av kuriosa, spekulationer, idé- och vetenskapshistoria. Förlaget publicerar fakta och skönlitteratur för såväl fackmannen som den intresserade lekmannen. Utgivningen är på svenska och engelska.

www.timaiospress.com

Böcker av och om:

Epikuros — Lucretius — Atomism — Francis Bacon — H.P. Lovecraft — Camille Flammarion — Diogenes Laërtius — Emanuel Swedenborg — Erasmus Darwin — E.T.A. Hoffmann — Platon — Andrew Crosse — Och annat.

www.ingramcontent.com/pod-product-compliance
Lightning Source LLC
Chambersburg PA
CBHW020325030826
48979CB00020B/52

* 9 7 8 9 1 8 7 6 1 9 2 5 0 *